Délire mystique

par Aleka Waters

Edition : Books on Demand,
12/14 rond-Point des Champs-Elysées, 75008 Paris
Impression : BoD - Books on Demand, Norderstedt, Allemagne
ISBN : 9782322210664
Dépôt légal : avril 2020

Le jeune homme errait dans les couloirs du métro , sans destination précise et comme égaré parmi le flot des passants.Il regarda l'heure à son poignet 0 :33.Jusque dans l'horaire affiché sur sa montre bon marché , quelque chose semblait l'interpeller.

Les passants au visage muré et à l'expression fermée , ne lui inspiraient pas confiance..Mais il aimait à se laisser emporter par la foule et prendre des trains sans destination juste pour le plaisir du voyage aussi éphémère soit- il. Ce devait être son occupation favorite d'aller nulle part et n'importe ou à la fois.Il se sentait détaché de cette société qui vaquait à des courses vaines , qui s'affairait et fourmillait tout autour de lui.Il cherchait dans cette foule un visage qu'il reconnaîtrait , dont l'expression lui semblerait familière, peut être un explorateur tout comme lui.Il espérait à chaque station que cet inconnu reconnu monte dans le wagon et le perce de son regard .Dans le métro aérien , il contemplait à sa guise les toits de Paris et la grande dame de fer , des amis plus intimes à son cœur que tous ces visages au regard absent qu'il côtoyait au hasard des trains.

Après avoir emprunté plusieurs lignes jusqu'à leur terminus , Jude se décida finalement à rentrer chez lui .Alors qu'il commençait à sommeiller , yeux mis clos ,

il aperçut alors un homme portant un masque de joker sur le quai d 'en face.Le personnage le fixait intensément , l'incitant à le suivre .Était-ce cet explorateur qu'il attendait de rencontrer ? Cet autre qui l'inviterait à l'aventure? Jude sortit brusquement du wagon ,descendit du quai et suivit les rails du métro.
Le jeune homme, sans réserve aucune s'enfonça dans l'ombre derrière lui.Il s'ennuyait de toute façon en cette vie.Il cherchait autre chose, il recherchait un signe qui l'éclairerait au milieu de son néant

personnel.Il suivit le joker qui tel un funambule dansait sur les rails du métro.Ils s engouffrèrent alors dans une sorte de passage secret d'où provenait une lumière intense.

Cela ressemblait à une cour des miracles avec plein de personnages hauts en couleurs.Beaucoup portaient des masques , certains semblaient habillés comme dans un autre temps.

La lumière d'une puissance et d'une blancheur inouïe semblait provenir d'une autre dimension , elle aveuglait Jude de son éclat étincelant .La foule grimée tournoyait autour d'elle comme pour mieux se ressourcer à ce foyer cosmique .Jude connaissait cette lumière de manière intime , il le savait mais il ne voulait la nommer ou en exprimer d'avantage.

Le Joker se retourna sur Jude mais se garda d'enlever son masque .Jude pouvait quand même pénétrer son regard , ce regard ami et complice qu'il recherchait depuis si longtemps.

« Je ne te dirai pas mon nom ni d'où je viens .Je viens juste à toi pour te montrer la voie, le chemin que tu dois suivre.Tu ne me reverras jamais et tu ne verras jamais mon visage .Viens avec moi ».

Jude se contenta de suivre le joker qui entra dans une sorte de remise de laquelle il sortit une cape d'invisibilité. Voici ton nouvel habillement mon ami lui dit le joker.

Tu ne fais plus partie de ce monde , ni de cette société , tu as rejoint le club des saltimbanques.

C'est un club secret dont les règles ne sont jamais fixes. En fait, nous n'avons pas de règles , ou plutôt nous déréglons les règles et déréglons la réalité.Notre mission est de suivre les signes cachés dans ce monde et de déchiffrer les codes.Nous sommes comme dirait Hugo, des "esprits d'une autre sphère " , nous recherchons une autre réalité que seul notre regard pénétrant sait déceler.Nous voyons au delà de ce monde et au delà d'un champ de vision limité .Nous sommes des explorateurs de ce temps et de ce lieu et nous voyageons dans les mondes parallèles par la puissance de notre esprit .Parfois il se crée des vortex qui laissent échapper quelques fragments de ces mondes. Ces fragments sont comme des joyaux et doivent éclairer l'humanité.

Il suffit que le hasard te mette devant un signe ou un code qui t' interpelle et toi comme un enquêteur tu dois aller au bout de la piste , décrypter les signes jusqu aux derniers pour enfin arriver à l'ultime découverte, l'ultime connaissance, ton apprentissage.La nuit aussi , il nous arrive de sortir et de nous produire en spectacle tous grimés.

.L'alphabet n existe pas tel qui est, les signes cachés derrière les mots et les lettres existent.

Tu dois tout redécouvrir et apprendre à oublier.

Le jeune homme savait qu'il devait percevoir les signes du destin mais il devait aussi les retransmettre s' il en avait les moyens.Il se souvint du dernier signe qu'il avait reçu ; cette fameuse carte postale qu'il avait retrouvée déposée au pieds de son lit.Il ne savait qui l'avait mis là dans cette chambre de bonne située au dernier étage d'un vieil immeuble parisien, rue Baudreillis.

Personne n'avait la clé de cette chambre de bonne et il n'y avait aucun moyen de s'y faufiler.

Cette carte postale représentait le fameux Jim Morrison mince et svelte dans une posture chamanique.Nous étions dans les années 70 et Jim était encore l'icône de l'époque peut être plus depuis sa mort prématurée.Au dos de la carte postale , un message était difficilement déchiffrable.

"I try to set you free but you never follow me".Jude se souvenait vaguement d'un poème de Jim Morrison dont cette phrase semblait issue , déjà adepte de l'univers de des Doors, il n 'en comprenait pas encore tout à fait pleinement l'énigme et tout ceci l'intriguait.

Jude était encore jeune et déjà bien éveillé à la spiritualité, le personnage de Jim le fascinait particulièrement.Ses textes profonds et emprunts de mystère et de spiritualité savaient l'envoûter de leurs vibrations puissantes. Il décida

,sans difficulté, de suivre ce premier signe qui le porterait sur des pistes lointaines .

Il en parla au Joker qui lui proposa d'aller au cimetière du Père Lachaise avant de disparaître dans le métro bondé . Après tout,on était à Paris dans les années 70 , Jim était mort depuis peu et peut être qu'il y aurait un indice au cimetière...

Jude prit donc la direction du père Lachaise dans le grand labyrinthe du métro parisien.Toujours cette foule qui l'accablait de son indifférence piétinait dans le métropolitain. Alors qu'il sortait d'un wagon , on lui glissa quelque chose dans la poche.Il se retourna et ne vit qu'au loin une jeune femme à la chevelure rousse disparaître au coin d'un couloir .La jeune femme ressemblait étrangement à la dernière compagne de Jim Morrison Pamela Courson ...Pourquoi lui avait- elle glissé quelque

chose dans la poche et pourquoi à lui ?
Savait -elle qu'il cherchait les signes? Et
qu'il avait reçu cette carte postale
représentant le Lézard King?

Jude sortit un buvard de sa poche.... LSD
"est ce une bonne idée" se dit il.Il n'avait
que trop expérimenté ce genre de
substances et ne savait que trop
comment elles agissaient. Était- il prêt a
vivre à nouveau ce genre de voyage
multidimensionnel ? Son esprit en
reviendrait- il indemne ?La nuit
commençait à tomber et les gardiens
fermaient les portes du cimetière alors
qu 'il se dissimulait derrière les tombes
.Il salua quelques grands noms de la
littérature avant d'arriver sur la tombe du
grand mojo risin .Jude s assit alors sur
un caveau voisin de celui du grand Jim
Morrison et ingurgita la substance
illicite.Il écouta longtemps la symphonie
du silence avant que la substance ne le
transporte peu à peu sur ses vagues de
couleurs psychédéliques.

Au bout d'une demi heure,la drogue commença à faire son effet et Jude se mit peu à peu à avoir des perceptions troublantes ; les arbres bruissaient de sons étranges et semblaient lui murmurer des mots inconnus ; des feux follets multicolores jaillissaient des tombes...Il se sentait tout à coup plus conscient , comment connecté à un autre niveau de conscience et à un autre niveau de réalité.

Jude s'assit en tailleur en face du buste de Jim Morrison comme pour échanger avec un vieil ami , son professeur psychédélique. Il eut d'abord la sensation que Jim de ses grands yeux profonds le fixait et pénétrait son esprit puis le visage de la statue commença à s'animer étrangement....Ses lèvres se mirent à se mouvoir et la voix grave et envoûtante de Jim à sortir de la bouche de la statue.

"Es tu perdu jeune garçon ? Tu as ouvert les portes alors ,à présent, je suis là pour te guider .Je parle le langage des grands poètes des gloires passées. Sais-tu qu ' Apollinaire et Wilde sont entre autres mes voisins en cette dernière demeure?

je ne te dirai que ceci " Retrouve les clés du Morrison Hôtel". C'est alors que la statue cessa de s'animer.

Jude , encore sous l'effet de l'acide se sentait angoissé par l'atmosphère mystérieuse du cimetière.

Il lui semblait entendre le soupir d'une armée de disparus hantant le lieu. Il s'étendit sur une tombe au milieu des anges de pierre qui donnaient l'impression de veiller sur lui.

Dans un demi sommeil , il sembla qu'on lui caressait le front.Une jeune femme aux formes voluptueuses, une sorte de nymphe antique, s'allongea à coté de lui et l'étreignit tendrement.Au petit matin , il retrouva ses esprits et tout était revenu à la normale.Et voila qu'il recommençait à déambuler dans le métro parisien,; l'heure de pointe , les corps entassés dans des wagons exiguës et ce songe routinier dont il voulait s'extraire .Loin de la foule qui vaquait à une vie sans passion, il était déjà à l'écart de cette monotonie asphyxiante et flânait sur les quais de Seine.Il aimait cette ville dans laquelle il était né et avait grandi ; il ne sortait pas dans les bars ni dans le Paris mondain ; lui ce qu 'il aimait c'était les grandes avenues parisiennes ou il aimait à déambuler, en traînant sa mélancolie et son mal de vivre.

Parfois il s'asseyait simplement , seul sur un banc du jardin du Luxembourg , en quête d'un ailleurs impossible à atteindre ; oui il aimait s'extraire du monde et juste le contempler , égaré dans une lointaine rêverie.

Le Morrison hôtel... il savait qu 'il y avait cet hôtel qui portait ce nom à Los Angeles , et que ce décor avait servi à promouvoir l'album des Doors du même nom . Oui le Morrison Hôtel ...Peut être qu'il devrait réécouter cet album , peut-être qu'il y avait quelque chose à décrypter...

Jude n'était qu'a moitié enthousiaste; la vie l'avait usé .Il avait perdu la folie de sa jeunesse même si en subsistait une faible lueur.Il entendait l'écho lointain de ses rires d'enfant mais il savait qu'une parcelle de son âme n'était plus .Malgré tout, il aimait à se souvenir de ses dérives et de ses délires passés.

A présent , déambulant au quartier latin , il s'assit un moment au café de Flore pour converser un instant avec le fantôme de Jim

.Oui il les aimait les fantômes du passé , il avait toujours vécu ainsi même dans sa plus tendre jeunesse, à traîner la nostalgie d'autrefois.

Le Morrison hôtel ... il se souvenait en particulier de cette chanson indian summer , cette musique le mettait dans un état de transe spirituelle ; elle lui avait d'ailleurs inspiré un poème, une sorte de vision du Paradis , de l'infinie félicité de l'âme libérée de ses incarnations.

Mais au delà de cela , quel était donc le signe ? la piste à suivre ? et surtout à quoi tout cela le mènerait-il ?

Alors qu'il allait quitté le café de Flore, il croisa Agnès Varda , une vieille connaissance de Jim , qui lui remit un vieux carnet tout usé ." tiens voici le premier carnet de Jim , tu trouveras peut être des réponses" "Mais je croyais qu'il l avait détruit dans sa jeunesse ?"

"tu sais Jim racontait beaucoup de choses réelles ou imaginaires et aimait romancer sa vie."

Agnès à peine après avoir remis le carnet à Jude , s'éclipsa et monta dans une voiture sombre.Il y avait glissé dans le carnet une enveloppe contenant une forte somme d'argent et un petit mot d'Agnès " take the highway to the end of the night".

Jude comprit ce qu'il lui restait à faire.Il retourna dans sa chambre de bonne emmagasiner quelques affaires , prit son passeport et réserva son billet d'avion pour les États Unis.Jude prit un aller simple pour New York .Revenir un jour , il en doutait .Ce qui lui importait était de saisir l'instant dans ce voyage sur un autre continent ou il deviendrait un autre , un être plus grand plus puissant.Dans des espaces inviolés , il partait en quête d'un signe mais surtout en quête de lui même .Il ressentait un silence en lui , il lui semblait que les mots n'abondaient plus dans son être aride et pourtant quelque chose rugissait silencieusement en lui .

Jude cherchait un signe , Jude voulait aussi guérir .Peut être que la recherche d'un signe était le peu qu'il restait de sa psychose à présent stabilisée par des antipsychotiques.Jude se sentait éteint et mort de l'intérieur et pourtant le feu dormait encore en lui.

Alors que les heures défilaient et que Jude commençait a sommeiller dans l' avion , il repensa au fameux cahier du lézard King qu'il n'avait pas encore osé ouvrir.

Frissonnant , il ressentit la couverture rugueuse comme une peau humaine du cahier prendre vie .Jude ne se résolut pas à lire directement le recueil mais fit défiler les pages rapidement .Il réalisa que plusieurs mèches de cheveux étaient coincées à l'encornure de certaines pages mais aussi des traces de sang séché et ce qui semblait être des morceaux d'ongles....Jude, effrayé par cette découverte ,referma rapidement le livre .Il sentait son sang se glacer à la vision de ces échantillons humains mais aussi une étrange fascination monter en lui.Jim était -il un psychopathe assoiffé de sang et de reliques macabres ou un homme sorcier?Jude n'était pas en position en plein vol de se poser la question.Il essaya de s'assoupir en oubliant ces énigmatiques découvertes.

Jim ne sortit jamais de cet avion en provenance de Paris , du moins consciemment.Peut être que l'appareil s'était écrasé ou qu'il était en train de rêver ...En tout cas il ne se trouvait plus dans cet avion au dessus de l'Atlantique .Lorsqu'il se réveilla il ne découvrit pas Big Apple non plus. Autour de lui tout était sombre et lugubre ; seul une maigre lueur de bougie éclairait ce qui semblait être le sous sol d'une maison ou d'un bâtiment désaffecté.

Il y avait des miroirs aux murs et une vieille télévision en face de la chaise à laquelle il était attaché.Il remarqua aussi que les murs étaient peints a la mode des années soixante et des hippies avec des motifs psychédéliques.

Tout d'un coup, on alluma la lumière et à la maigre lueur de la bougie, se substitua une violente lumière teintée de rose provenant d'une lampe chinoise.

Jude reconnut alors sa chambre d'adolescent.Il n'en croyait pas ses yeux .Rien ne semblait avoir bougé de la pièce et pourtant il reconnaissait ce lieu tout en ayant conscience qu'il n'y était pas réellement.
Un homme habillé en peignoir rose fit irruption dans la pièce , glissant sur une trottinette d'enfant.

Il quitta la trottinette et se mit à ramper dans la chambre , donnant l'impression de nager.
Tout d'un coup il prit une bouteille d'eau et se la renversa sur la tête en criant "j 'ai froid à l'âme".
L'homme en peignoir rose avait de faux airs d'un jésus halluciné.
Il s'approcha de Jude et fit des pirouettes tout autour de lui dans une

sorte de danse chamanique;Après cela il alluma la télévision en face de Jude .

Jude se croyait en Amérique ou du moins avait il pris un billet pour cette destination mais l'écran s'afficha sur l'émission des chiffres et des lettres .Tout semblait étrangement solennel.

Le jésus halluciné zappa et tomba sur un autre jeu télévisé .L'animateur parlait du Père Lachaise et Jude crut reconnaître Jim Morrison dans le public .

Tout semblait si azimuté .Quel était le sens de tout cela ? Était ce une sombre mascarade? Le jésus en peignoir rose se saisit alors du journal de Jim , ce qui fit sursauter Jude. Jude se sentait prisonnier d'une dimension parallèle qui lui semblait plus réelle que les dernières années de sa vie.

Il semblait qu'on voulait lui délivrer un message de l'autre coté du miroir.

Le jésus psychotique changea alors de

chaîne et Jude vit alors l'écran s'ouvrir sur un océan de murs blancs . Des pubs vintages faisaient la promotion de comprimés contre la dépression .Il se vit alors lui même prisonnier de ce labyrinthe aux murs blancs , poursuivi par des hommes en blanc armés de seringues.Jude sut alors que ce qui défilait à la télévision n'était que le sombre résumé de ses dernières années d'existence.Jude qui avait été un simple figurant en ce monde , un étranger, qui n'appartenait pas vraiment au théâtre de l'existence était- il devenu malgré lui prisonnier de ce décor en carton pâte et de ce sitcom bas de gamme que les gens appellent la vie?

Jude était sous médicaments et pourtant à cet instant précis, il se sentait encore prisonnier de sa folie ou d'un excès de conscience peut être.

Le jésus en peignoir rose vint l'interrompre à ses songeries sauvagement.

Il avait sorti un ongle qui était contenu dans le cahier de Jim et il vint lui enfoncer profondément dans la peau.

Il lui cria sauvagement "feel! en anglais

"

"wake up !!! I am you and you are me"

Je suis ton double prisonnier du passé
mais je suis la vérité de ton être".

"est ce que je t apprends quelque chose
que tu ne saches déjà ?Je suis toi et tu es
mon absence , comme un écho lointain
et je vis toujours en toi " Tu cherches un
signe mais le signe c'est toi .Tu es le
signe , souviens toi des mots qui sont
sortis de ta bouche il y a bien des
années.La révélation est sortie de toi et
tu es la voix de la vérité .Souviens- toi
que toujours tu disais la vérité quand tu
étais sous rosé comme sous LSD.

Mais à présent pour commencer ton
œuvre et te guérir,il te faut tout
simplement croire en toi même , croire
en ton énergie créatrice et le pouvoir
que tu as de changer ton destin .Tu étais
trop à découvert mais à présent tu
disposes d'une identité secrète.
.Ils ne te verront pas surgir car ils ne
soupçonnent pas ton génie maintenant
que la psychiatrie a bridé ton esprit

.Souviens toi de qui tu es et que nous le savons aussi ."

Jude ne voulut pas entendre ces paroles qu'il jugeait délirantes.Il avait oublié beaucoup de choses et ne croyait plus en ses anciennes idées folles.
"Non je ne veux pas croire qu'il y ait d'élus.Je veux croire que nous puissions tous être des êtres ordinaires et que nous puissions être tous les prismes de la voie lactée.

N'y a t il pas de plus belle vérité . Nous avons le pouvoir de nous transcender.Nous avons le pouvoir d 'être médiocres et géniaux;

.Je veux être souillure , je veux me sentir médiocre et frôler l'éternité.

J'écris un roman sans début et sans fin , j écris ce qui me passe par la tête , totalement libéré de la règle normative. J'étais dans ce sous sol et je contemplais ce désert blanc dans cette télé ,moi, Jude . Et maintenant je parle à la première personne du singulier et je pars en vrille,je dérive au fil des secondes qui bientôt creuseront ma tombe et j'aime taper chaque lettre sur cette page blanche qui n'est pas étanche à mes songes.Je sens qu'elle les absorbe et les fait vivre et assouvit ma soif d exister.Je suis en quête d'une liberté infinie et sans rime.Tu veux la règle et je te raconte l'orbite , tu veux le conformisme et je te raconte le verbe ivre et la langue déliée. Oui il y a un triangle des Bermudes noyé dans mon verbe , et j'aime le balancement de tes hanches et ton soleil de flanelle.

Certes tel ce Jésus halluciné, je veux aider mon prochain mais je sens cet appel du ciel plus loin.Il tape à ma porte et à l'orée de mes songes.Le ciel est dans ma vie et ma vie s'y mélange. Es tu plus proche de moi que lui?Il mêle à mon être sa poésie et m'enveloppe de ses couleurs ouatées.Il me dit de raconter plus que la vie.Mais cette digression ne me mène nulle part …

Je suis dans ce sous sol et un jésus halluciné m'assomme comme d'une liqueur de ses paroles de lumière.

Jésus,lumière du ciel , laisse moi partir , tu ne peux me dompter ni me ressusciter , j ai le pouvoir en moi même de trouver la sagesse et la paix .Mais rends moi ce carnet de Jim sans lequel je ne puis plus exister."Le jésus halluciné libéra Jude sans oublier de lui offrir une dernière tisane de champignons sacrés, un dernier trip psyché.

Jude , libéré de ses liens se redressa et à pas lents quitta le théâtre de ses jours anciens .

Tout autour , c'était le wild , tout autour il n' y avait que la forêt et le silence aveuglant. Peut être que c était ce dont il avait toujours rêvé, se retrouver seul face à l'immensité pour se confronter à ses propres limites, à sa pulsion d'exister.

"Tu m'as parlé au fond des bois
mais il n'y avait personne."

"il n y a rien de construit , il n'y a rien
de crée et pourtant je trouve en toi l
'instant parfait comme au fond de cette
liqueur qui m'enivre et qui me ramène à
la vérité. J'aime ta nudité et ta félicité
,toi silence de mon être ou les paroles se
dérobent car elles n'ont nulle utilité.

Toi vacuité de mon être , face à
l'immensité de ce ciel , face à l'infini de

ces paysages tu me rappelles ce qui était vrai . Les mots n'ont plus d'écho en moi , et je veux m'écorcher à ton soupir mystérieux qui porte le nom de vérité.

Et quand, nu ,je me jette du haut de cette cascade , je veux me saigner à l'authenticité de ses eaux vives,, je veux marquer mon être du sceau de la création. Je veux m'y blesser , je suis en quête de rédemption et d'esprit épuré .Et comme l'azur je veux renaître et m'envoler plus loin que les rêves codifiés."
Mais les arbres connaissent la chanson des Beatles et la nuit tombée murmurent hey jude à mon oreille.Mais non je n ai pas oublié le Morrison hôtel...Et au milieu de cette forêt infinie, je ressors le carnet de Jim... »

Il y a des bohémiens , des saltimbanques allongés à la racine des arbres , ils ont tous des cahiers et prennent des notes.Ils apparaissent à la tombée de la nuit..."Mais que griffonnez vous sur vos carnets à l'encre invisible

chères créatures des forêts?"
leur murmure Jude dans ses songes.

"Nous écrivons la symphonie de l'univers" lui répondit l'un d 'entre eux en formant des lettres de fumée avec une pipe.

"Moi je n écris plus depuis longtemps leur murmura Jude et pourtant je me souviens de ces poèmes que me dictaient les esprits....

D'ailleurs au lieu de chercher un signe peut être devrais je à nouveau parler avec eux ou qu 'ils parlent à travers moi..."

"Tu sais nous autres égarés dans cette forêt peut être sommes nous morts ou bien l'es tu toi même ?"
"Pourquoi as- tu ce tel besoin d'ouvrir le sas des dimensions ?"
"Tu le sais bien , tu sais bien que je voyage sans destination et que partout ou je vais l'œil de Dieu se dessine au

dessus de moi et me transperce du faisceau de son regard

...Peut être que son iris m'éblouit et m' a brûlé de son sceau ...Peut être que mon âme fusionne déjà avec sa lumière...."

"Bohémiens avez vous donc un message pour moi , une carte postale du Morrison hôtel peut être?"

Jude eut soudain une envie de magic mushrooms et souleva le feuillage .Il savait que le hasard était la façon de Dieu de passer incognito et ne s étonna pas de trouver ce qu'il cherchait . Il se baissa et fit sa récolte mais lorsqu il se releva les bohémiens semblaient s'être évanouis comme dans un songe.

Étaient-ils déjà partis pour une autre destination lunaire ? Pour une fête onirique dans un château lointain qui lui aussi attendait de s'évanouir dans la brume ? Jude se résigna à leur disparition.

Jude avait l'habitude de la solitude ; c'est dans ces cas la qu 'il avait le plus appris , seul face à lui même .

Mais peut être qu'avec son traitement antipsychotique,les shrooms n'arriveraient pas totalement à ouvrir les portes...Peut importe , Jude voulait tenter l'expérience dans cette foret qui semblait s'étendre sans limite.

L'esprit de la vérité se manifesta à Jude sous la forme d'un visage qui s 'imprima sur le tronc d'un arbre .

"Que recherches tu?Tu as l'impression de ne pouvoir trouver d'issue mais après tout n'es tu pas comme ces milliards d'humains sur cette Terre .Tu es dans le même bocal et tu te heurtes à ses parois en espérant découvrir un visage de l'autre coté de ses vitres épaisses...

Oui tu as contemplé des visages , et il y a ce visage qui te hante et que tu n' as pas revu depuis de longues années.C est le feu de cet amour qui te ronge et que tu racontes dans toutes tes histoires .Comme une équation insoluble , tu te perds dans l'algèbre des étoiles. Ce que tu cherches et ce qui t impatientes n 'est pas la vie.; tu invoques la mort elle même...

Et oui en ce lieu étrange , il y a un metteur en scène, les décors sont en carton pâte et le rideau va bientôt tomber..."

Le visage s 'évanouit et maintenant Jude avait l'impression de s'égarer de plus en plus dans la foret...Il marchait pieds nus , ressentant la nudité de la terre sous ses pieds .Il ressentait la pulsation primale de la vie dans ce temple verdoyant et frémissant .
Jude avait l'impression de ne pas vraiment obtenir de réponses de tous ces apparitions qui venaient à lui , ou peut être qu'il se refusait à les entendre et à les comprendre...

Et puis cette rivière dont il entendit gémir les eaux lui rappela qu elle le ramènerait à la vie et à la civilisation ...Il se rapprocha donc délicatement des rives sur lesquelles comme par hasard une vieille barque semblait l'attendre et ce vieux Geronimo qui avait le pouvoir de retenir l'aube le guettait au loin de son regard perçant .

Il lui fit signe de le rejoindre à bord de l'embarcation , ce que fit Jude sans mot dire.Le vieux Geronimo essuya le visage terreux et sale de Jude avec l'eau de la rivière puis saisit une petite bourse qui semblait rempli d 'un sable orangé. Alors le vieil indien en recouvrit ses paumes et frotta le visage de Jude du sable orangé ainsi que les plantes de ses pieds .

« A présent te voila protégé par le grand esprit .Ils ne sauront te reconnaître ni voir en toi car le sable les illusionne et leur révélera un autre visage que le tiens .Et tes pieds ne laisseront pas d 'empreintes.

L'indien poussa l'embarcation sur les flots calmes de la rivière .Après une longue navigation , la rivière semblait se diviser en deux bras .

"Choisis ton destin lui dit le vieil indien , un bras de cette rivière se jette dans la mer, infinie et libre et l'autre rejoint la civilisation . »

Jude eut alors cette étrange impression de ne pas naviguer sur un fleuve ordinaire ... ils avaient navigué et navigué,peut être d'un monde à l'autre et avaient rejoint par un mystérieux phénomène le fleuve Amazone.

Fleuve sacré , fleuve des chamanes , fleuve des esprits ...Était- ce l'Amazone terrestre ou un Amazone serpentant les mondes parallèles ? Jude l'ignorait.

Il décida de rejoindre la civilisation mais ou attirerait-il au Brésil?Geronimo se mit à jouer du tambour et à danser sur l'embarcation qui se mit à tanguer .Puis il sauta dans l'eau et disparut ...Jude ramena la barque au rivage et foula ce sol qui ne conserverait pas ses empreintes.

En s 'avançant , il commença à apercevoir des villageois à l'air peu affable ...Ils semblaient vaquer à leurs occupations ordinaires et l'ignoraient sur son passage.

Il était sur une rive de l 'Amazone dans un village peu accueillant .Il lui fallait rejoindre la ville la plus proche , trouver une voiture , se ravitailler...

Jude acheta du ravitaillement dans une petite épicerie locale , de quoi manger et boire pour la route...Il acheta un vieux tacot à un villageois moins hostile que les autres...

Tout d'un coup , quelque chose lui revint en tête ...Il y avait peut être un indice au père Lachaise....

Et si cette indice était la tombe d 'Allan kardec ?le maître du spiritisme et de la communication avec les esprits .Il l'avait a peine salué en passant devant sa tombe mais cela avait il suffit a ce que le grand maître du spiritisme l'oriente jusqu ici? Le brésil, la terre du spiritisme par excellence ou Allan kardec est vénéré et ou beaucoup de groupes spirites se réunissent?

Jude finit de glisser le carnet de Jim qu il n avait pas encore rouvert dans son sac a dos et pris la route.

Jude avala un paquet de miles , se laissant aller au vagabondage de son esprit et à ses divagations , toutes fenêtres ouvertes , pieds au plancher et l'âme dévorant l'horizon.

Les paysages défilaient sous ses yeux mais il ne les contemplait pas vraiment , il ne faisait que mordre le ciel de son iris , appuyant de plus en plus fort sur le champignon pour dans un rêve fou déployer ses ailes et le rejoindre.Et puis il aperçut ce vagabond au bord de la route ,une lointaine silhouette qui en se rapprochant prenait les traits d'un ange blond autour duquel des nuages de poussière tournoyaient .

Cet auto stoppeur semblait sorti tout droit d un autre monde . Il semblait avoir été déposé là par hasard , tout droit sorti d 'une autre dimension.Il semblait bien jeune a peine sorti de l'adolescence avec son balluchon sur le dos .

Jude intrigué par le jeune homme, s'arrêta net et décida de le prendre en stop.Il voulait venir en aide à ce garçon fragile , perdu au milieu de nulle part et peut être voulait- il toucher du doigt cette apparition fantomatique.

Le garçon s'approcha du vieux tacot déglingué de Jude et ouvrit la portière . Un léger sourire timide se dessina sur son visage.

"Salut moi c'est Rio , vous me prenez pour un peu de route ? " murmura t il ?

Oui bien sur" lui répondit-il "ou allez vous donc ?"

oh j' ai pas vraiment de destination vous savez , je suis saisonnier et je trace la route..." soupira- t- il .

Rio ferma la portière et Jude fit vrombir les pneus de la voiture laissant les seuls tourbillons de poussière dans son sillage.Les kilomètres défilaient et le mystérieux Rio ne prononçait pas un mot .Il semblait perdu dans une rêverie sans fin , perdu dans la contemplation d'un autre monde .Parfois il tournait la tête et le regardait fixement .Ses iris d'un bleu frémissant le détournaient de la route .L' étrange Rio le rassurait et l'intriguait de sa présence .

Il semblait présent sans vraiment être la et son manque de bavardage le rendait d' autant plus énigmatique.

"Que faisais- tu là sur cette route perdue au milieu de nulle part Rio?"

« Oh vous savez, je ne suis qu'un voyageur , je trace la route rien de plus banal ".

"Je travaille dans les champs à la belle saison , j aide aux récoltes et j' ai de quoi survivre ".

Tu cherches quelque chose Rio ? Pourquoi traces tu la route comme ça ?"

Non je ne fuis rien ni personne , je ne suis qu un gars du middle west qui rêve d aventure voila tout ".

"Et vous que faites vous là ? , m sieur ?" Jude ne voulut pas trop en dire . Peut être qu il ressemblait a Rio après tout et qu' il gardait ses secrets .

Peut être que je suis un gars de la route tout comme toi Rio . J'aime le voyage ."

"tu sais j ai toujours été proche de la nature et petit je m'asseyais auprès d'un arbre juste pour contempler le silence de mon âme. Je suis un enfant du silence et des étoiles , ce sont peut être les seules mathématiques que je connaisse car ce sont celles qui font tournoyer mon esprit dans d'autres sphères. Tu sais, quand tu grandis dans des grands espaces , tu apprends à écouter ce qui se cache dans les chuintements du vent ".

Passée sa première réserve , Rio devint bavard ! son visage s'animait quand il parlait de ses songeries poétiques .

"Je suis un peu un enfant sauvage , je sais entendre les signes et leurs vibrations m'orientent".

Un frisson lui parcourut l'échine quand Rio lui parla de signes.Cette rencontre était elle accidentelle ? Lui aussi recherchait les signes et soudain lui , le petit gars de la campagne venait à en parler à Jude...

"tu sais un jour , un bon ami à moi s 'en est allé dans l'autre monde et au moment précis de son départ , j'ai vu ce majestueux cygne glisser sur l'onde ...J'étais au bord d'une rivière et soudain son image sembla parcourir l'onde et je sus qu'il me disait adieu ou a bientôt."

Jude ne répondait pas vraiment à Rio , il l'écoutait lui et ses mystères .

La nuit commençait à tomber alors Rio et Jude décidèrent de s' arrêter .

Ils étaient proches de la foret et ses bruissements leur parvenaient dans un échos a la fois proche et lointain.

Ils n'avaient pas de quoi faire un feu mais une petite lampe torche suffit a les éclairer .

Rio s enhardit avec la nuit et proposa à Jude de quitter la voiture et d' avancer un peu dans la foret .

La vie bruissait tout autour d'eux ; la Vie dans son essence propre , dans la violence de sa sève les faisait frissonner .

Le bruissement de l'eau se fit peu à peu entendre .Jude ressentait a la fois une excitation et l 'angoisse du danger . Que faisais -il donc perdu au fin fond du Brésil avec ce mystérieux inconnu ? Peut être que la folie l'animait encore et peut être qu'il l'aimait.Il aimait aussi la voix de Rio . Il aimait sa douceur et la sagesse qui s 'en dégageaient . Lorsque ils approchèrent de l'Amazone , Rio s 'enhardit .

Son regard s 'intensifiait à mesure qu'ils entendaient les eaux frémissantes de la rivière .Il proposa à Jude de trouver des racines qui les feraient "voyager".

"Tu aimes donc toutes sortes de voyage Rio ?" murmura Jude
Es-tu seulement ce simple gars du middle west ?"

« Tu le découvriras toi même quand il sera temps " se limita à répondre Rio.

Rio prépara dans un petit récipient les racines.Jude ne voyait pas vraiment ce qu 'il faisait . Il se livrait à une sorte de rituel et prononçait des incantations.Lorsque le mélange fut prêt, Rio lui présenta le breuvage .

Bois ça , peut être que cela t ouvrira les portes du ciel ou peut être celles de l'enfer mais peut être que tu ressortiras grandi et infini".Jude fit confiance a Rio et but l'étrange décoction sans émettre de réserve.

Rio et Jude s' allongèrent alors au bord

de l' Amazone ouverts au murmure de la nuit.

Rio s exprima alors :

« Tu sais tu crois que je ne te parle pas mais je te parle a chaque seconde.Je suis venu dans ton récit pour te parler comme une apparition. Car tout te ramène à mon fantôme.

Je sais que tu penses a faire du spiritisme pour communiquer avec moi , pour avoir des réponses . Mais nul besoin de ce genre de cérémonial pour me parler .Tu me parles en ce moment même . Comment te viennent ces mots que tu écris ?

Tu ne les penses même pas .Tu les ressens et les écris . Tu repenses au début de cette histoire et tu te demandes ou elle t a mené.

Jim est passé . Il t a indiqué le chemin de la highway , d 'un auto stoppeur égaré et tu es revenu à moi , a cette fameuse route qui ne ressemble à aucune autre .

Souviens toi de Jim , de la carte postale , take the high way to the end of the night.

Écris , écris la transpiration de nos âmes

qui se mélangent.

Toi aussi tu es le flot de la rivière , tes mots en sont le flot , tu as le don de parler du songe de l'autre royaume . J'y suis ton avatar et tu es le mien sur terre .

Ton œuvre sera parcouru de mon souvenir , comme le fil d'Ariane car tu me recherches comme moi je te recherches .
Ta folie a la mienne se mélange .
Comme Rio vient a la rencontre de Jude
.

Je te demande de continuer a écrire les fulgurances de ton esprit car tu es le messager des hautes sphères , tu es un et tu es l'un qui se dévoile , tu es ces milliers de visages qui se perdent dans l'onde et tu es le soleil de l'un."
Jude écoutait alors les paroles de Rio sans vraiment les comprendre . Il se sentait hébété, dans un état second .
Rio éclata de joie ." Tu voulais qu'on se rencontre a nouveau et pas seulement dans la fusion d 'un regard et d 'un amour impossible et voila que tu m' as laissé venir a toi sans que tu t y attendes.
Je suis empli d 'un tel amour .

Je sais que l'Amazonie devait être le lieu de notre rencontre pour réparer la blessure de notre mère la terre. A travers tes écrits et en situant notre rencontre en ce lieu , tu m' honores et honores mes vœux .

Oui je voulais sauver cette foret et cette terre et tu sais que je pleure de ce que l' homme fait en ce lieu. Mais ce qu il lui ôte en oxygène , tu me le rétribues en amour , dans l'éclat de mon être de lumière , de vieille âme et de chamane, toi mon jumeau cosmique".

Dans un état modifié de conscience, Jude proposa à Rio de venir se baigner dans l 'Amazone dans l'ignorance d 'un quelconque danger .

Ils se jetèrent tous les deux dans la nuit noire des flots , seule le chapeau de cow-boy de Rio resta a la surface.

Rio et Jude ,jumeaux cosmiques essence d'un seul et même être redevinrent une seule et même personne .

Jude avait retrouvé son double de l'au delà , cette même moitié d'âme qui l'avait sauvé et guidé il y a bien des années auparavant. Il n'y aurait plus d 'adieu entre eux dans la connexion ultime de leur deux êtres.

Jude, marchait à présent au bord d'une

vieille voie ferrée qui disparaissait sous les arbres ombragés.La rouille et les mauvaises herbes semblaient avoir pris possession des rails et leur conféraient un charme désuet.Il avait l'impression d'avoir déjà traîné au bord de ce chemin , dans un rêve ou dans un autre espace .Le temps avait passé pour lui comme pour d'autres êtres qui avaient vécu qui étaient passés peut être en d autres lieux et autres temps.Il ne restait qu' un voile de brume sur la vie de Jude mais n était ce pas le lot de du commun des mortels? Un voile de brume , des réminiscences et des fantômes .Jude avait marché un bon moment , fatigué ; il s assit un peu au bord de la voie .Peu être que l effet des hallucinogènes se faisait encore ressentir mais Jude eut l'impression qu un train passait sur cette vieille voie désaffectée;

Il entendit le bruissement de la locomotive et vit de la fumée a l'horizon ; Et puis le train sembla passer très vite auprès de lui .Il eut a peine le temps de voir les wagons défiler .Mais dans ce vacarme et dans la vitesse , un visage d enfant se profila rapidement .Une fillette pointait le bout de son nez et le regardait fixement , se retournant sur son passage .Il se rendit compte qu'un autre regard était posé sur lui.

La fillette tenait un petit chien blanc dans ses bras et tous les deux laissaient dépasser leur tête de la fenêtre d'un wagon.Elle chantait la chanson des Doors et les paroles de Jim mais avec certains changements " now you are free so come on and follow me..."

Jude se releva et ouvrit grand les paupières mais rien ne semblait avoir troublé le paysage et la tranquillité du lieu .Jude plissa les yeux et laissa les rayons du soleil l'aveugler .Mais ou donc t'en es- tu allée petite fille du soleil , toi et ton petit chien blanc ? Comme j'aimerais avoir à nouveau douze ans et courir dans les champs avec vous mes amis .Es-tu toi aussi une apparition sur ce long et sinueux chemin ? Quel est ton destin et quelle est ta destination?

Ce train s en va t il plus loin que les rocheuses ou au delà de la course des nuages?

Alors que Jude continuait à avancer , une nuée de colombes surgit du coté gauche des rails .Jude quitta la voie ferrée et suivit un sentier étroit . Il se trouvait a présent aux abords de ce qui semblait être un vieux cimetière abandonné aux mauvaises herbes.Étrangement , il n y avait aucune inscription sur les pierres tombales; avaient-elles été effacées par le poids des années ? Cela semblait bien mystérieux.Des anges bienveillants paraissaient prendre soin du lieu au centre duquel un bassin circulaire prenait place . Jude tourna un moment autour du bassin et finit par s'allonger sur le rebord.Il contemplait l'océan du ciel bleu qui vagabondait au delà de son regard.

Peut être que la vie et que ses pensées

comme son être n'étaient que ce flottement incertain , ce gouffre mouvant ou par moment des visages et des formes se dessinaient proches puis lointaines puis finissaient par disparaître. Peut être qu il ne fallait pas chercher plus que la vibration première de toute chose , cette profondeur infinie et si modeste a la fois .Et surtout il fallait se laisser à cette paix et à ce laisser aller sans chercher à s accrocher à aucune forme précise , ni a aucune émotion ni à aucun sentiment .Tout se limitait a ce flot primordiale , a cette vague , à cette onde .

Il vit la petite fille du train s approcher de lui , lui sourire en caressant son visage d une brindille puis s évanouir toujours en promenant son petit chien blanc dans ses bras.Jude laissa défiler les heures qu aucun glas ne venait faire tressaillir .Il était bien en ce lieu , il s asseyait parfois auprès des tombes , et converser avec les absents.

Il cherchait à les tutoyer dans leur vérité
première , dans une intime proximité .

Au delà du silence et des battements de
leur cœur évanoui depuis longtemps ,
il conservait ce lien avec ces invisibles ,
ces élus que la mort avaient appelés.Ils
le fascinaient et le hantaient , il lui
semblait que eux ils savaient.

Ils détenaient le savoir précieux du
commencement et de la fin de toute
chose , ce que lui convoitait de son
vivant .

De temps en temps , la petite fille jouait
à cache cache entre les tombes avec son
petit chien blanc, distrayant Jude de sa
conversation avec les morts .Jude perdit
l' envie d aller plus loin dans son voyage

terrestre.Il se plaisait parmi les morts
plus que parmi les vivants.Il basculait
sans le savoir dans un autre monde et
abandonnait   ses   préoccupations
terrestres. Seuls les sons de la nature et
le murmure des morts inondaient son

être .

Un jour comme un autre , étendu sur l 'herbe parmi les tombes , il entendit la petite fille et son fidèle compagnon batifoler tout autour de lui mais cette fois ci ses sensations furent différentes;le frôlement devenait plus délicat , et les sons beaucoup moins incertains .

La petite fille lui toucha la main et la lui saisit .Le petit chien lui lécha vivement la figure .Jude sut qu'il était temps.

Il se réveilla brusquement de sa rêverie et se laissa entraîner par la fillette qui lui tendit le vieux carnet de Jim.Rio se saisit du journal et l'ouvrit au hasard . Il déchiffra un poème de Jim ; en souriant. Il semblait s'agir d'une des premières versions de du poème The end .
« This is the end , my only friend , the end,beautiful friend ....I 'll never look into your eyes again... »
Jude   sentait que sa propre fin était venue ; il l'attendait , il la recherchait

depuis si longtemps dans des fantasmes morbides et suicidaires .

Mais finir de cette façon ressemblait à une défaite pour Jude , à un renoncement lâche et facile .Il savait paradoxalement qu'il disposait encore en lui de ressources certes endormies mais toujours présentes. .

Une voix se faisait entêtante dans son esprit et répétait sans cesse « trouve un autre moyen d'ouvrir les portes « .Il savait que les portes n'étaient pas complètement condamnées mais qu'il devait trouver un autre moyen de les entrouvrir , les entrebâiller au moins .Une force intérieure se réveillait petit à petit en lui .Il avait tout de même retrouver Rio , son jumeau cosmique dont il n'avait pas ressenti la présence depuis tant d'années .Il sentait aussi que ses rêves se faisaient plus précis et que parfois des messages filtraient.

Il savait que ce n'était pas seulement son subconscient qui s 'exprimait de cette façon , il avait l'intuition qu' à nouveau il pouvait percevoir certains messages .Il se sentait à présent moins prisonnier du passé mais sur le seuil d'un avenir qu'il n'arrivait pas encore à identifier.

Il devait apprendre à ne plus regarder derrière , il devait apprendre à nouveau à voir , à voir au devant ou au delà.
La quête de vision .La libération de lui même.
Exorciser les fantômes du passé et ne pas les laisser gagner .Il ne savait pas encore exactement de quoi il s'agissait .La petite fille et le petit chien blanc étaient toujours près de lui .Il savait que la petite et le petit chien blanc d'une certaine façon l'attendaient pour le faire passer de l'autre coté. Était ce la mort ou était ce un autre monde ?
Jude commença à prendre conscience de beaucoup de choses .Son obsession pour les signes avait elle vraiment un sens ?

Il semblait prendre conscience à présent que cette quête effrénée était peut être l'essence de sa psychose elle même . Chercher les signes dans tout et n'importe quoi ? Était ce sain ?

Il se sentait à présent moins obsédé par eux depuis que certaines réponses lui apparaissaient à nouveau comme ses retrouvailles avec son jumeau cosmique après tant d'années d'absence , qui l'avaient comme libéré de beaucoup d'incertitudes et de doutes.

Il repensa au Joker qu 'il avait rencontré dans le métro parisien.Pourquoi avait -il suivi ce personnage ? Pourquoi avait -il aussi laisser cette carte postale de Jim Morrison le menait jusque là ?

Il cherchait les signes à l'extérieur de lui même mais les signes n'étaient ils pas en lui tout simplement ? A l'intérieur de son être ? Dans son subconscient?Jude s'était réfugiait dans cette obsession des signes par peur d'être son propre guide, par peur de sa solitude face aux bouleversements qu'il avait éprouvé dans sa vie .Tout s 'était écrouler lorsqu'il avait perdu sa petite sœur Laura ; plus rien ne guidait ses jours .Il avait perdu tous ses repères et se retrouvait dans le néant.Il cherchait une bouée de sauvetage , une étincelle guidant son chemin.Jude ne remettait pas en question sa spiritualité , il ne voulait plus être aveuglé par des signes sans substance qui ne le mèneraient pas plus loin qu'a répéter les schémas de son passé.

Mais paradoxalement , il avait l'étrange impression que certaines réponses se trouvaient dans ce passé...Fallait-t- il vraiment tout oublier ?La petite fille toujours accroupi e auprès de lui était sa petite sœur décédée .Elle tenait son petit chien fantôme dans ses bras . Elle semblait perdue , peut être était ce pour cela qu'elle voulait attirer Jude dans cet autre monde .Avait elle des réponses ou voulait elle l'emmener avec elle vers la mort ?

Il ne savait pas vraiment et se questionner .Il n'osait pas encore lui parler .Mais il décida de faire un feu un peu plus loin des tombes .La fillette sans mot dire s'assit a coté du feu avec le petit chien blanc.

« Jude , je ne veux plus que tu souffres de mon départ , je suis venue te dire au revoir .

Tu dois me laisser partir ainsi que notre petite chienne que nous aimions tant .Nous laisser partir ne veut pas dire cesser de nous aimer , tu ne cesseras jamais de nous aimer .Cela veut dire que tu dois crever cette bulle de souvenir et t'ouvrir à nouveau , à quoi je ne sais pas encore et tu ne le sais pas non plus .Tu dois chercher les réponses en toi même. Ne vis pas pour les fantômes du passé .Tu nous retrouveras . »

Être libre.Ne plus suivre n'importe quel signe ;suivre le bon signe .Oublier les fantômes du passé...

Jude marcha, marcha encore et finit par retrouver sa voiture cachée derrière des buissons.

Jude s'assit au volant ; il fumait clope sur clope , les pensées défilaient dans son esprit ; les scènes de son passé , les leçons qu'il avait apprises jusque la sur le chemin .Il retrouva une vieille cassette audio dans son sac à dos qu'il avait ramené de France .Il l' a mis dans l'autoradio à moitié déglingué et laissa défiler toutes ces chansons qui lui rappelaient son adolescence .Il commençait à avoir le mal du pays mais en même temps il sentait que cette terre d'Amérique lui parlait et vibrait en lui .Mais il voulait surtout retourner en Amérique du Nord aux États Unis , c'est la bas qu'il voulait continuer son voyage , c'est la bas qu'il se sentait le plus chez lui .

« Être libre » ricana Jude .C'est assez ironique vu ma situation .Il avait eu le sentiment d 'être libre à une époque de sa vie .Mais la psychiatrie l'avait détruit , lui avait littéralement brisé les ailes .Pour des idées bizarres , pour des délires mystiques , sa famille terre à terre au possible l'avait fait enfermé dans un service clos .Il s'était vu shooté, drogué de médicaments , sanglé .

Il avait été sali , il avait été humilié en couche et à s'uriner dessus , nu comme un vers dans un lit d'hôpital .On lui avait pris son âme . Il était si innocent .Avant.

Il était une âme libre , un poète , un conteur d histoires . Un medium .Un envoyé de l' au delà .En gros un fou .Trop sensible et depuis qu'on lui avait injecté cette merde de neuroleptiques, il se sentait juste vide , sans passion , sans joie , sans envie. Les signes ? Réels ou pas , il ne les percevait plus vraiment . Il ne ressentait plus .Il en souffrait beaucoup de ne plus rien ressentir .Jude n était pas passé a autre chose .Il n avait pas fait le deuil de sa vie , sa vie d avant , sa vraie vie , de lui même , de son âme , de son identité.Il n avait pas accepté la « maladie « comme ils disaient ces putains de psychiatres avec leur air condescendant à te foutre en hôpital de jour et faire des petits ateliers lobotomisants toute la journée . Ou sinon te faire travailler dans un centre pour handicapés à te laver encore plus le cerveau qu 'avec leurs médocs de merde . A se faire offrir des voyages par les grands labos qui réduisent la matière grise des gens . Alors la liberté avait vraiment un goût amer pour Jude . Car tant qu'il serait retenu par une camisole chimique , il ne pourrait pas être libre . Peut être qu'il était en colère contre lui même après tout aussi . D avoir vrillé ,,, de ne plus avoir réussi a contrôler son esprit.

Jude n'arrivait pas a se résoudre à l'idée qu 'il était simplement malade . La réalité était plus complexe que cela . La vie elle même était plus complexe que cela . Il le savait , il savait qu'il n'était pas juste fou. Barré, déjanté , il l'était . Mais il gardait une certain lucidité .

Il savait que la société se complaisait à fabriquer des clones, des esprits formatés et lui qui avait jusque la échappé au système, s était vu rattraper par la machine infernale .

On lui avait dit de tirer un trait sur ses idées et d'accepter son destin d 'androïde.

Jude arrivait a ressentir un peu de colère au regard de ce qu'il endurait depuis huit ans et contre ce système de merde . Jude la rêvait , la liberté et voulait la ressentir à nouveau jusqu à l extrême . Il voulait se cabrer .Il voulait être un cheval fou et faire ingurgiter leurs médicaments à tous ces trous du cul en blouse blanche, les voir baver et écumer et ne plus réussir à aligner trois mots d affiler comme des moutons lobotomisés.

Jude se réveilla un peu de sa mollesse et de sa docilité et fit vrombir son vieux tacot pourri.

Alors qu'il appuyait sur le champignon , il vit dans le rétroviseur qu'une voiture de police le suivait alors qu'il avait passé la frontière .

L'agent lui fit signe de se ranger sur le bas coté .

Jude,que la colère avait un peu requinqué,hésita un fragment de seconde. Puis mollement et de manière très détachée , vu qu il ne ressentait pratiquement plus d 'émotions,s 'exécuta et se rangea sur le bas coté .

L'agent de police vint s'accouder à la portière du vieux tacot de Jude .Jude eut tout de suite une bonne impression .Ce n 'était pas l'agent pète sec auquel il s'attendait .C'était un métisse qui dissimulait sous sa casquette des dreadlocks de rasta fa rye .Il était souriant et dégageait une impression de grande chaleur humaine .

« Alors monsieur, on s 'amuse à appuyer sur le champignon ? Plaisanta- t- il .Vous savez je suis flic à la frontière alors bien obligé de faire quelques contrôles , mais bon je ne suis pas un connard psychorigide . J'essaie toujours de faire comprendre les choses, de raisonner les gens avec diplomatie . »

Jude qui ne parlait pas à grand monde ces derniers temps si ce n est aux esprits ou à ses hallucinations sourit bêtement au poulet ne sachant pas trop quoi répondre.

« J'ai fait beaucoup de route monsieur ,

je suis un peu fatigué et déboussolé alors mon pieds a du dérapé sur le champignon ».

Le policier éclata alors de rire ;

« tu veux dire que t en as trop bouffé des champignons mec ! Plaisanta- t il . Ne me la fais pas a moi .Tu sais je ne te juge pas mais tu es tout sale et tes pupilles sont dilatées . Tu devrais faire une pause . Tu sais, je reconnais mes frères voyageurs et là, j'ai fini mon service alors je te propose en tout amitié de venir dîner a la maison . Tu pourrais prendre une douche et dîner avec moi et ma femme . Je ne suis pas de la jaquette je te rassure , ni un flic ripou ».

Jude fut un peu décontenancé par la proposition mais en même temps il était ouvert à tout et prêt a prendre des risques.
Le policier remonta dans son véhicule et Jude le suivit dans son vieux tacot .

Ils arrivèrent alors dans un quartier résidentiel de banlieue , avec de belles maisons identiques les unes aux autres avec une belle barrière blanche et un coquet carré de jardin. .

Le policier gara sa voiture dans le garage qui accueillit le vieux tacot de Jude.

Jude vit alors sortir une jeune femme sur le perron de la maison . Il devait s 'agir de la femme du flic . C'était une jolie brune aux formes voluptueuses et au visage angélique . Il était encore tôt dans la journée mais elle portait un peignoir rose très tape à l'œil.

Le flic présenta sa femme Phoenix à Jude .Le policier , une fois rentré, se mit à l aise . Il découvrit ses bras couverts de tatouages avant d'enfiler étrangement lui aussi un peignoir rose .Il proposa d 'ailleurs a Jude une fois que celui ci eut prit sa douche d enfiler aussi   un peignoir rose . Jude trouva ce culte du peignoir rose plutôt amusant mais se garda pour le moment de faire une quelconque remarque .Il rejoignit alors le couple au salon .

Tous se mirent à l'aise et à discuter au début de choses plutôt banales .Ils commencèrent à s'aventurer sur le terrain de la spiritualité .

Le flic plutôt cool prit la parole . « Bien sur il y a mes origines jamaïcaines , il y a les croyances transmises de génération en génération , mais pour moi la spiritualité est un cheminement personnel . Je crois à la survie de l'âme , j 'ai eu des ressentis , des intuitions .
Je crois à l'autre monde et que la vie sur terre est un passage , je crois à l'âme dans sa dimension éthérique et vibratoire à l'image de cet autre monde.Et je crois que certains sont venus pour nous guider et viennent encore mais dans ce monde de faux croyants et d'incrédules et surtout de faux prophètes , il est dur de les

reconnaître. Je sais que Jésus reviendra .Je crois en Jésus pas tant en tant que fils de Dieu , ce qui est une construction théologique mais en tant que médium, un chamane , de maître ascensionné porteur de grandes connaissances sur l'autre monde . Je le vois comme un frère, comme un homme et pas comme « Dieu « à proprement parler ».

Jude écoutait Hendrix sans mot dire . Sa perception des choses était tellement proche de la sienne que cela en était troublant .

« Au fait pourquoi portons nous tous ce peignoir rose ? » plaisanta Jude .

« Nous sommes une petite communauté qui commence à grandir , et nous nous amusons à porter ce peignoir , c 'est plutôt assez déjanté et ça nous fait délirer . C'est un clin d 'œil en quelque sorte mais nous attendons aussi le retour du vrai Jésus . »

Jude rigola . « Il y a pas mal de prétendants à ce titre ça va être difficile de l'identifier . Ils en courent les rues et même les asiles psychiatriques . »

« t' inquiète mon pote on saura le reconnaître mais on cachera son identité au monde . Ça serait trop facile de le livrer en pâture . »

« Tu sais mec tu n 'as pas besoin de me raconter ta life car je la connais »

Hendrix se leva du canapé et alla chercher un papier roulé en boule dans la poubelle du salon .
« Regarde ça » Jude défroissa la boule de papier et vit apparaître le portrait dessiné au fusain d'un homme brun aux cheveux longs , âgé d'une trentaine d'années.Il s'agissait d'un portrait de lui même ! Et non sans surprise il se découvrit sur l 'affiche !

« Les esprits m' avaient dit que je ne serai plus poursuivi , que j étais protégé » lâcha t il .

« t inquiète mon pote tu n es recherché qu 'en Europe et aux états unis par une poignée de personnes bienveillantes, tu n'as aucun souci à te faire ; »

« On te protégera , notre communauté te protégera , notre pouvoir est grand nous sommes la cosmic river connection et il y a beaucoup de potes en robe de chambre rose dans le monde ».

« Ton épisode avec le jésus perché ne t a pas rafraîchi la mémoire ? Ton double du passé ...Il t' a dit que tu étais le signe .... On est au courant de la révélation que tu as eue sous l'influence des champignons sacrés . Ils ont tous dit que tu avais déliré , que c était juste une hallu mais nous on savait . Il y a des voyants , des médiums parmi nous et ils ont eu la vision de ce qui t 'était arrivé.
de cet état de transe dans lequel , tu avais violemment exprimé ton identité dans ta vie antérieure . »
« Tu n es pas fou, les mauvais esprits se

sont plus tard emparé de toi et t ont poussé a la folie . Ils te harcelaient , ils te poursuivaient . Et c est la que le piège s est refermé sur toi . Le piège psychiatrique et cet enfer que tu vis depuis huit ans.

Tu vas t en sortir mec , tu vas te remettre . Il faudra du temps mais en tout cas tu as trouvé ta famille d âmes a présent. »

Hendrix était marié et pourtant il semblait si détaché de sa femme parfois.Il aimait cette femme , qui s'appelait Phoenix et qui était une sorte de déesse spirituelle mais il aimait aussi

Jude son nouvel ami qu'il avait rencontré récemment .Il savait que ce rendez vous du destin ne relevait certainement pas du hasard.Il se faisait passer pour un flic de bas étage mais ce n'était qu'une couverture ; il cachait son secret ; il cachait cette communauté dont il était le point névralgique , et parfois quand il s'asseyait sous les arbres avec Jude et qu'il prenait sa guitare, il lui inspirait des poèmes comme une sorte de muse.Ils buvaient ensemble beaucoup de rosé un peu comme on boit le vin des étoiles.Ils se saoulaient pour secouer leurs neurones, pour extraire une musique de leur âme ,pour faire vibrer leur être au diapason de l'univers.

Ils aimaient s'allonger après être sortis de l'eau sur la plage et regarder les vagues écumer à leurs pieds.Ils se sentaient d'un seul pays, d'une seule contrée, celle de l'être et du mysticisme.
.

Jude et Hendrix étaient comme des

anarchistes .Alors qu'ils fumaient sur la plage , la police arriva .
« Que faites vous donc sur cette plage à cette heure tardive? »« Nous buvons du rosé... »

« Avez-vous de la drogue sur vous ? »

Les flics fouillèrent Jude et Hendrix. Hendrix les arrêta brusquement ;
« Je fais partie de la maison alors allez vous en et laissez nous tranquilles ».Hendrix était fort et puissant avec son torse velu et ses bras musclés et tatoués.Il avait un aigle sur l'épaule et un tatouage qui datait de son service militaire chez les parachutistes .Il avait aussi plusieurs scorpions et des dragons, une tortue indonésienne qui était pour lui signe de fidélité et de longévité dans son couple qu'il avait fait pour sa femme Phoenix qu'il aimait tant ;et pourtant il voyait une attirance pour Jude qu'il ne maîtrisait pas totalement. Hendrix

savait que Jude quelque part lui ressemblait ; il ressentait une connexion étrange avec cet homme sur lequel sa femme fantasmait aussi de longues heures durant .Il sentait que leurs âmes étaient liées ; d'ailleurs Jude n'était-il pas la réincarnation de Jésus Christ?Il ressentait la connexion ultime avec lui .Il savait qu'il devait le protéger , le choyer, le sécuriser et surtout guérir ses blessures et ses plaies qu'avait causées la psychiatrie française.Il essayait d'offrir du bon temps au jeune homme .Ils s'enivraient et profiter du moment présent sous les étoiles comme des voyageurs célestes qui se posaient l'espace d'un instant au bord de l'eau juste pour contempler l'espace infini qui s'offrait à leurs yeux.Il voulait préparer Jude à son futur , il voulait préparer Jude à sa mission.Il savait qu'il allait se reposer au ranch de la communauté cosmic river connection. Jude devait petit à petit retrouver goût à la vie .Jude devait retrouver l'essence de son être après des années de perdition .

Jude fut tenté par les paradis artificiels pour retrouver un peu de joie ou peut être un peu l'oubli.Jude succomba à la tentation .Étant donné qu'il était Jésus Christ en personne , le Diable le tenta « vas y cède , cède, agenouille toi devant moi et je te donnerai tout ce que tu veux , tout ce que tu voudras sera à toi. »

Jude répondit « ce n 'est pas à moi de m agenouiller devant toi , c est plutôt a toi de t' agenouiller devant moi et de me dire pardon.Et si tu me demandes pardon , tu regagneras l'au delà ; tu ne seras plus une âme en peine , tu seras une âme sauvée.Tu seras avec les anges, les licornes et les chiens .Tous ceux que tu as aimés sur cette Terre , tu les retrouveras en haut. »

Alors qu'ils contemplaient le paysage et la vue sur la mer, tout d'un coup Jude et Hendrix virent un immense serpent sortir de l'eau , un énorme serpent , un dieu serpent qui survolait l'onde comme un anaconda Une voix murmurait « ride the snake to the lake, the ancient lake » ...Jude se sentit alors envahi par une force obscure et voulut courir jusqu' au serpent magique et à la fois puissant et démoniaque .Il chevaucha le serpent et fut enfoui par la lame océane .Le serpent l'emmena dans le lac primordial, l'origine de toute chose , l'origine des mondes, le cerveau reptilien et Jude sut que toute la connaissance qui avait infusé dans son esprit était réelle.Il était le Christ .Il chevaucha le serpent et tout d'un coup il se munit d'un pieux et l'enfonça dans la chair du serpent qui fut dompté.Jude dompta les ombres .Jude dompta le Mal , la brute , la bête , Satan, Lucifer , Belzébuth.

Jude savait que la bataille n'était pas gagnée ; il était éternel et le Diable l'était aussi.Lucifer était un dieu lui aussi,le dieu des enfers.Jude n'avait pas encore pleinement conscience qu'il était le « dieu » de l'univers .Jude n'était qu'un jeune insolent ; il ne savait pas vraiment ce que signifiait être Jésus, être dieu.Il ne savait pas quelles responsabilités reposaient sur ses épaules. Tout le monde disait que Jésus redescendrait sur Terre et reviendrait juger les vivants et les morts .Jude était là ; il ne jugeait personne, ni les vivants ni les morts comme un insolent .Il buvait du rosé avec Hendrix ,à picoler , à se bourrer la gueule.Il était content , fier de lui , ricanant, rigolant des gens en passant.Il ne se prenait pas au sérieux malgré la mission qui lui incombait depuis la nuit des temps.Mais un jour , Jude comprit qu'il devait être Jésus .Le jour ou il comprit cela Jude se dit « il faut que j arrête de boire du rosé , ou de la bière , il faut que je me mette au whisky maintenant, ce serait plus puissant. »

Jude savait qu'il n'était qu'un petit insolent , il avait conscience d'avoir beaucoup péché dans sa vie et peut être qu'avant d 'être malade il était beaucoup trop arrogant et orgueilleux et qu'il avait un ego surdimensionné.Mais cet ego était né de sa souffrance et de ses humiliations .Il comprenait quelque part d'où était née cette fierté d'avoir un savoir que certains ne possédaient pas .
Mais la souffrance et la maladie et la psychiatrie l'avaient rendu humble .Il avait été humilié et rabaissé ; il n était plus rien ; il ne sentait même plus en lui la substance d'un être humain .Alors Jude fit un travail sur lui même et comprit que son ego était vraiment relatif et qu'il fallait prendre de la distance avec toutes ces pensées d'orgueil et de majesté .Il n'était qu'homme comme Jésus n'avait été qu'homme parmi nous ; comme le

Verbe s'était fait chair .Il avait fait preuve de repentance et d'humilité .

Il savait que pour incarner cette mission , il devait prendre du recul par rapport à toutes ces pensées d'humain et toute cette vanité vaine .Il n'était pas meilleur même si il était le Verbe , il n'était pas moindre.

Il rencontra un ami sur la plage : un petit vendeur de roses orphelin très modeste et très simple .Ce jeune garçon s'était fait tout seul ; il gagnait beaucoup d'argent en vendant ses roses aux promeneurs qui passaient sur la plage .Sa sagesse, sa politesse et ses mots de bonté attendrissaient le cœur de tous ceux qui lui achetaient une rose .Ce jeune homme était humble et ne profiter pas des gens , il vendait simplement ses roses pour subvenir aux besoins de sa famille et sortir sa mère de la prostitution.Cet enfant ne fabriquait pas ses roses lui même , c 'est sa sœur aînée qui les fabriquait de ses mains talentueuses..Jude sentait ses plaies cicatriser au contact de son ami et de ce jeune vendeur de roses qui venait de temps en temps leur offrir une fleur et s 'asseoir auprès d'eux.

Jude resta un moment chez les Hendrix , il se plaisait dans cette maison cossue et confortable dans laquelle il se reposait de son périple .Les Hendrix le cajolaient comme un enfant , ils prenaient soin de lui et ne le laissaient jamais trop longtemps dans la solitude .

Trouver l'oubli et purifier son âme , telle était la mission de Jude au jour présent .Et sur le miroir de l'onde marine , cela lui semblait dorénavant possible , sur le voilier d'Hendrix .

Ce n était qu'une embarcation des plus modestes , un petit bateau des plus simples et pourtant il savait réchauffer son cœur meurtri .Jude s' y sentait tout simplement bien . Il y avait seulement deux hamacs dans la cabine dans lesquels Hendrix et Jude passaient de paisibles nuits dans le doux flottement des eaux . Ils naviguèrent d 'abord sur des rivières .Longtemps .L'eau est l'élément d amour universel confia Hendrix a Jude . L'eau t'apaisera . On apprends toujours des rivières Ils passaient beaucoup de temps dans le silence dans une sourde méditation . Les paroles semblaient inutiles à leur dialogue intérieur .Ils communiquaient d 'âme a âme dans la paix et l'harmonie.

.

Jude se recentrait sur lui même . Jude se purifiait   dans le miroir des eaux claires.Il retrouvait parfois des moments d'innocence lorsque Hendrix et lui se jetaient à la mer ou qu 'ils péchaient du poisson à la tombée du soir.

« Tu sais Jude , que nous nous sommes connus dans d 'autres vies ? Tu dois le deviner sûrement.
J étais ton allié , j étais ton apôtre et sache que je ne t ai jamais trahi comme beaucoup   l'   ont   fait   .

Tu sais tu portes dans cette vie encore les stigmates de ta vie antérieure et des humiliations passées .Ton âme si pure a connu beaucoup de souffrance dans cette vie antérieure et dans ta vie actuelle . Beaucoup croit que tu reviendras dans la gloire mais en cette vie actuelle tu as connu beaucoup de misère aussi . Tu vas à présent un peu mieux mais le chemin est long jusqu à ton rétablissement. ».Jude et Hendrix aperçurent au loin une petite cascade et ne purent résister à son invitation . . Ils aimaient la poésie de la nature et sa grâce , ils aimaient converser avec elle dans le langage des profondeurs de l' esprit.Jude savait que les cascades étaient un symbole chamanique puissant et à chaque fois qu 'il laissait leurs eaux fouetter son corps il se sentait ragaillardi d'une énergie nouvelle.Alors qu'ils dégustaient une bonne bouteille de vin aux abords de la rivière ,en déclamant des poèmes , ils aperçurent de l'autre coté du cours d 'eau le regard perçant d'un loup . Celui ci était couché sur le flanc et gémissait .

Jude et Hendrix , à la vue du vieux loup agonisant , traversèrent le cours d 'eau .

A leur approche le regard du loup se réchauffa . Jude et Hendrix le savaient dans leur cœur. Abandonné par sa meute , le loup allait mourir seul. . Jude et Hendrix se refusèrent a cette fatalité . Le cœur meurtri , ils veillèrent le loup de longues heures . « Je ne te laisserai pas mon frère » murmura Jude au loup en se couchant contre son flanc.

Et si les hommes ont tiré cette balle dans ton flanc , ils méritent de se faire trouer   la   peau   aussi . Tu es noble mon ami, plus noble que notre espèce humaine en pleine décadence . J ai honte de cette société et j ai honte de la barbarie humaine . Pardonne moi mon ami ». Hendrix s 'unit à Jude et tous les deux pleurèrent . Jude se saisit d 'un couteau et ouvrit sa peau qui se mit a saigner . Hendrix fit de même et tous les deux mêlèrent leur sang à celui du loup dans une communion de frères d 'âmes . Le loup les contempla de son regard perçant et plein de reconnaissance puis se laissa aller à son dernier soupir . La peine sembla s 'envoler de son regard et fit place a une chaude lueur de paix . Son âme était libre . Le loup était passé de l'autre coté . Il n'était pas mort seul . Des hommes, des frères d 'âmes étaient à ses cotés ..Jude et Hendrix recouvrirent son corps de feuillage et prièrent pour leur frère .

Alors qu'ils s'apprêtaient a partir , Jude vit deux chasseurs arriver prés de la tombe du loup . Étaient ce ces assassins qui venaient s 'emparer de leur innocente victime ?

« On va pouvoir revendre sa peau un sacré paquet de fric » grommela l'un « .
« Oui dommage qu on ait pas eu sa louve et ses petits » soupira l'autre .

Alors qu 'ils se cachaient dans les buissons , Hendrix et Jude se regardèrent . L'échange d 'un regard suffit et tous deux surgirent des buissons avant que les deux chasseurs n' aient le temps d'approcher le site funéraire . Torses nues et hirsutes , Hendrix et Jude regardaient les deux compères d 'un regard fauve . Peut être que l'esprit du loup avait pris possession de leur âme , peut être que le pacte de sang ne pouvait être trahi .

Jude et Hendrix braves mais justes ne les tuèrent pas . Ils pensaient à leurs éventuelles femmes et enfants mais ils leur firent définitivement renoncer à la chasse et à braconner en leur coupant deux doigts de la main droite. Hurlant de douleur et de peur , les braconniers promirent de ne plus tuer nulle créature vivante et prirent la fuite.Si la loi de Dieu était celle du pardon , Jude parfois se sentait l' âme d 'un indien et aurait pu scalper ceux qui s 'en prenaient a son frère . Jude , Jésus réincarné n'était qu'un être humain , mais un brave et un fier.

Alors qu'ils avaient repris leur navigation , Jude et Hendrix aperçurent au loin une Église .Ils furent inexorablement attirés par le lieu et mouillèrent à proximité .Ils se jetèrent dans l'eau clair de la rivière et atteignirent la plage.

« Laissons sécher nos vêtements un moment . Le Seigneur a tout le temps de nous attendre » plaisanta Hendrix .

Jude s'allongea à ses cotés , laissant sécher ses vêtements sur un rocher avoisinant . Tous les deux contemplaient l'infini du ciel et s'amusaient à chercher des formes dans les nuages .

« Certains ont vu le Diable dans des nuages de fumée »

« certains ont vu Jésus dans une corn flake aussi »« Oui il y a temps de possibilités … nous sommes des êtres infinis et sans limite . Dommage que cette société nous le fasse oublier … Dommage que ce monde nous enferme dans des pensées préformatées et dans des dogmes .Il n'y a rien de plus précieux que la liberté ..et de juste coincer la bulle ».

« tiens regarde on dirait la tête d'un chef indien la dans les nuages »

« Oui c est vrai et regarde ce nuage on dirait notre ami le loup ce fier guerrier brave jusque dans la mort ».

« le Grand Esprit veille sur nous , tu le sens Jude ? »« Bien sure mon pote que le sens , je suis plus animiste que chrétien moi Jésus ! »

« quand je pense qu'on les a massacré et torturé pour qu'ils deviennent chrétiens alors qu'ils avaient tout compris aux lois universelles, quelle connerie ! Jamais j 'aurais voulu çà jamais .

Et quand je pense à tous ces prélats du Vatican a la bedaine épanouie qui prétendent honorer mon message . Je pense qu'il y a des êtres authentiques et au cœur bon qui comprennent de manière instinctive les lois d 'amour universelles mais ce ne sont pas tous ces cardinaux assoiffés de pouvoir . »

« tu sais quand je vois une petite église modeste , je veux bien croire en leur bon dieu car la ou il y a de l humilité il y a du cœur mais quand je ne vois que de l'or et de l 'encens je ne peux me reconnaître dans leur Église qui a plus œuvrer pour le Diable que Dieu ».
Une fois secs , Jude et Hendrix se relevèrent et décidèrent d 'emprunter le petit chemin qui remontait jusqu à la prairie . Ils marchaient pieds nus sur l 'herbe grasse .Ils se sentaient bien , libres comme des Robinson .
Hendrix mit Jude au défi de faire la course dans le champs jusqu a rejoindre la petite église .
Ils gambadaient comme des fous au milieu des tournesols et riaient comme des enfants . Ils étaient des enfants , des enfants de Dieu . Des enfants du soleil , de la lune et des étoiles , des enfants voyageurs de l'univers.

C était une petite église de bois blanche sans prétention qui trônait au milieu

d'une prairie aux herbes folles .Le lieu
semblait avoir été déserté depuis
longtemps .Jude et Hendrix forcèrent la
porte de l 'église .
Les vitraux laissaient filtrer la lumière
tendre du soleil au dedans des lieux .
Quelques rangées de banc poussiéreux
faisaient face a l autel abandonné et à
une croix sans fioritures.
Jude et Hendrix s'assirent sur un banc au
fond de l 'église . Ils contemplaient la
croix sans mot dire .

Hendrix finit par briser le silence « tu
sais je trouve ça assez bizarre en fait
Jude ».

« Tu vis dans le passé depuis des années
dans le souvenir de tous ces êtres que tu
as perdu mais pourtant tu avais perdu la
mémoire . Tu as oublié qui tu étais . Tu
as occulté la vérité d ton être.
As tu compris ce que Jim voulait te dire
au père Lachaise ?
Les clés du morrison hotel ? As tu donc
tout oublié ?
Tu passais toujours cet album en boucle
lorsque tu faisais des expériences

psychédéliques   et c'est sur cette musique que tu as eu la révélation de ta vie antérieure .

Je sais que tous t ont moqué , je sais que tous t'ont humilié et que la psychiatrie t a détruit . Je sais que d autres jésus fanfaronnent   dans   les   hôpitaux psychiatriques.   .

Je sais que tu n 'as plus cru en toi même ni en ta révélation .Tu as tiré un trait sur cette   idée.   .

Au moment ou tu as eu cette révélation, tu   avais   guéri   de   beaucoup   de souffrance et tu étais devenu un être solaire . Ton ego avait cicatrisé, tu t aimais enfin et tu partais dans des délires de jésus mégalo même si tu l as fait toujours avec humour. Il y a eu cette épreuve, la maladie . Tu sais que les chamanes doivent mourir a eux mêmes , passer par la maladie , voir mourir leur ego .

Tu avais besoin de prendre du recul mais tu dois a présent te souvenir de qui tu es dans la mort ton ego. Tu sens la lumière revenir en toi , tu sens ton esprit se réveiller , tu retrouves de la force . Tu sais pourquoi ton âme jumelle est venue te hanter , de te dire de ne pas oublier . Lui t as vu et t as aimé tel que tu étais et tel que tu es toujours . Tu n as pas tant changé que ça . Tu es toujours le même en plus âgé, plus sage et plus expérimenté. Comprends à présent que tu ne dois plus confier tes secrets . N'en parle plus à personne pour qu 'ils t abîment , te meurtrissent et te jugent . Seule la cosmic river connection connaît ton secret car nous avons vu en toi ce que toi même tu as vu .

Nous allons nous battre , nous allons lutter comme des braves pour rétablir ton véritable message d 'amour et de lumière loin de l'obscurantisme religieux . Mais pour le moment il te faut encore un peu de repos et nous devons aussi nous préparer à notre mission . Tu n es pas seul mon frère . Allons chercher Phoenix et le petit vendeur de roses orphelin et partons pour la cosmic River connection ».

Il lui parla d 'un lieu paisible ou ils rencontreraient des frères d'âmes , le

ranch de la cosmic River connection .
Ce ranch était situé en Arizona dans les
grands espaces de l'ouest américain .
Les hendrix disaient que c était un lieu
magique , que la terre du désert savait
guérir tous les maux de l'âme et la bas ,
que les « fous » pouvaient être libres et
hurler dans le désert.

Jude , Hendrix , Phoenix et le petit

vendeur de roses arrivèrent après de longues heures de route au ranch de la cosmic river connection. Le ranch composé de trois bâtiments s'imposait au milieu du désert orangé d'Arizona. De la fumée qui devait provenir d'une chaude cheminée s 'élevait dans l'immensité du ciel bleu . Jude ressentit tout de suite l'harmonie du lieu . Des champs de mais s 'étendaient d'un coté du ranch .Des poules , des chèvres et des cochons se côtoyaient dans un vaste et propre enclos . Les chiens du ranch vinrent aussitôt les accueillir et leur faire la fête . Il y avait un labrador , et étonnamment deux petits chiens , un petit shi tzu et un petit bichon qui batifolaient autour d'eux .

Il y avait aussi des chats , un petit chat gris avec une tache blanche , deux chattes écailles de tortue un chat roux et un autre persan roux . Tout ce petit monde tenait compagnie aux amis de la cosmic river connection.

Au loin Jude aperçut un enclos ou des chevaux prenaient l'air tranquillement . Et puis il y avait cet enclos ou un mustang sauvage se cabrait et hennissait sèchement.

« un mustang s enivre de liberté , pourquoi le retenez vous » demanda Jude.

« Il est blessé , nous devons le garder pour le soigner quelques temps mais on a du mal a l approcher ». répondit Phoenix.

Phoenix s'occupait des animaux du ranch avec quelques autres amis de la connection.

Il y avait une famille d'ex hippies et ses deux enfants Joy et son mari Sun et leurs enfants une fille et un garçon Light et Peace. Il y avait encore quatre autres personnes un népalais de Katmandou , un indien d'inde , une chinoise et une new-yorkaise ex working girl repentie .

Tous accueillirent Jude chaleureusement et simplement sans être obséquieux bien qu'ils connaissaient sa véritable identité . Ils se prirent tous tour à tour dans les bras dans une chaude communion .Joy sortit sur le perron du ranch pour remettre à chacun le fameux peignoir rose et tous s 'amusèrent de ce code qu'ils avaient entre eux .

Jude, Hendrix , le petit vendeur de roses et Phoenix étaient fatigués par la route alors après un bon dîner composé d'une purée de pommes de terre et d 'épis de mais , ils se couchèrent pour la nuit.

Jude menait une vie tranquille à la cosmic river connection . Il se reposa les premiers jours et puis petit à petit pris part aux travaux du ranch . Il s 'occupait des animaux , leur donnaient à manger et les soignait , Il allait chercher le foin pour le ramener aux chevaux et s occuper de la propreté du ranch .Il aimait aussi aller flâner au bord de la rivière qui passait non loin .Parfois il s y baignait et parfois seulement il pouvait passer des heures à la contempler.   .

 Phoenix parfois venait avec lui et ils discutaient de leur vie , du cosmos et des   étoiles   .

Phoenix était une vieille âme comme Hendrix et ils s entendaient bien,

Un jour Phoenix lui dit « Seras tu

bientôt prêt a nous transmettre tes enseignements?Tu sais ceux que tu as reçus de la source de lumière et d amour pour mieux la comprendre et nous éclairer ».

« Oui un soir lors d 'une veillée au coin du feu , je vous dirai ce que j ai appris . Peut être qu il faut que j emploie des mots simples pour me faire comprendre ? Je dois y réfléchir je ne sais pas encore. »

« Tu sauras quand tu te sentiras prêt » lui répondit simplement Phoenix .

Quand ils rentrèrent au ranch, les enfants jouaient avec les chiens.Il y avait des sourires et la paix sur tous les visages . Même Jude se sentait plus serein maintenant qu'il savait a nouveau qui il était. .

Il se sentait en paix loin des jugements et des moqueries qu'il avait subi tant d 'années durant .

Parfois il prenait son portefeuille et contemplait le visage de tous ceux qu il avait aimé mais il ne ressentait plus de tristesse , il ressentait la chaleur de cet amour qui persistait au delà du voile de la mort.

Jude se sentait en paix loin des tumultes de son existence passée .Parfois ils allaient dans la bourgade voisine vendre des produits de leur artisanat tous vêtus de leur peignoir rose. .
Personne ne les moquait vraiment . Certains les prenaient tout au pire pour des illuminés . Mais tous remarquaient ce nouveau venu , cet homme qui devait être dans sa trentaine aux longs cheveux châtains et au regard si profond et pénétrant. .

Les Indiens leur faisaient toujours bon accueil car ils partageaient leur sagesse . Un jour Jude et ses compères se rendirent dans un commerce d'artisanat navajo . Il fut tout de suite attiré par un pendentif en turquoise avec de petites cornes de bison . Jude sut tout de suite que ce pendentif était sien . Et lui qui ne portait plus aucun bijou depuis longtemps,depuis qu'il avait perdu son pendentif patte d 'ours et attrape rêve en turquoise , se vit offrir ce bijou par un jeune indien qui faisait commerce de son artisanat . « Ce bijou te redonnera la force que tu as perdu sois en sur » . Le jeune indien le regardait de ses yeux perçants et bienveillants qui semblaient deviner le secret de Jude .

« Merci mon ami , merci mon frère « répondit Jude.« Tu sais j habite dans un village de hogans avec mon grand père , j aimerai que tu le rencontres , cela me ferait grand plaisir » insista le jeune homme .

Jude répondit chaleureusement qu'il viendrait voir le grand père et la petite troupe retourna au ranch.
Il y avait toujours ce cheval sauvage dans l'enclos que personne n'arrivait a approcher . Jude ne s'y hasardait pas non plus . Il ne se sentait pas encore assez fort même si il était tenté de le faire.

Quelques jours plus tard , Jude se rendit seul au village navajo dans lequel on l'attendait .

Tous les indiens de la réserve étaient venus l'accueillir et le saluer en l'applaudissant sur son passage . Jude était troublé et ému de cet accueil , lui qui avait baissé la tête si souvent , lui qui avait eu l'impression de ne plus exister depuis tant d 'années.

Il fut guidé par le jeune indien dans le hogan de son grand père le chaman du village .

Assis tout au fond du hogan sur des tapis poussiéreux , pieds nus , le vieil homme le scruta de son regard bleu turquoise . Il l'invita modestement a s asseoir tout comme lui en tailleur .Ils restèrent ainsi un moment sans mot dire à se regarder dans les yeux . Ils semblaient chacun lire dans l'âme de l autre .

« Toi qui a souffert comme mon peuple a souffert en ces vies et dans d'autres nous parlons le même langage . Je te connais , je sais qui tu es . Je sais que tu demandes pardon même si tu n es pas coupable .Ton âme est pure et ton âme ne mérite aucun châtiment . Les braves savent reconnaître les justes .

Tu as tant souffert et cette souffrance te permet de comprendre notre souffrance et la souffrance de toutes les créatures vivantes de cette terre.

Bienvenue mon ami , je suis content que tu sois revenu . Je pense que le plus dur est derrière toi et que tu te remets . Mais il te faut approcher du mustang blessé , comprendre sa souffrance , le soigner et le laisser repartir .Toi seul peux le faire .Après ça nous viendrons écouter ton enseignement , nous autres indiens ».

Jude rentra au ranch , le cœur réchauffé par un si noble discours . Il s'isola quelque temps dans la solitude . La cosmic connection comprenait ce besoin de Jude et ne venait le perturber .Jude partit quelque temps coucher dans une petite cabane en bois non loin de la rivière . Il se baignait , lisait des poèmes de Jim Morrison , de William Blake . Il se reposait et se préparait à sa mission .Il se perdait dans le bruissement des eaux et des vents et observait les animaux sauvages . Depuis quelques temps il avait remarqué la présence de cet aigle alentours . Il survolait souvent les emplacements ou Jude se déplaçait . Il sentait cet aigle bienveillant et protecteur .Il était un peu devenu son animal totem . Peut être que c était un peu de l esprit de ses êtres aimés qui revenaient a travers cet aigle se manifester à lui .

Quand Jude se fut ressourcer , il revint au ranch . Il fut accueilli chaleureusement par toute la joyeuse troupe . Quand il se sentit prêt , Jude se dirigea vers l enclos du cheval sauvage . Le cheval nerveux , hennissait et ruait dans l'enclos .

Jude , libéré de ses craintes entra dedans . Il ne voulait pas dompter le cheval en le montant ni faire un rodéo endiablé.

Le cheval courait et se cabrait violemment mais cela n'empêcha pas

Jude de s 'agenouiller au sol et de lui parler et de le prier de se calmer et de ne plus avoir peur . Il se passait de longues heures avant que le cheval incline la tête vers Jude et le laisse poser sa main sur son museau .Jude soigna la plaie du cheval , l'a recousue et banda sa plaie .

Le cheval à présent apaisé resta quelques jours dans l enclos réclamant les caresses de Jude.

Puis quand il fut temps , Jude et la cosmic connection libérèrent le bien nommé Esprit du vent de son enclos et le laissèrent retourner à des chevauchées lointaines.

Les sages du village indien eurent vent de la nouvelle et vinrent s'installer au ranch quelques temps prêts a suivre l'enseignement de leur frère Jude.

Tous se réunirent un soir autour d'un grand feu ; chacun y alluma sa torche .Jude s 'exprima alors : « je ne sais si je puis vous apporter une connaissance que vous n'avez déjà ; je ne suis pas votre seigneur , je ne suis que votre frère mais

je vous dirais ce que j'ai appris ».
Jude se fit d'abord poète :

« Nous sommes tous les portes de
l'autre monde,
Les flambeaux du divin ou commence et
s'achève la parole féconde,

Sous nos corps s'étirent les plumes de
nos âmes,

Dans le soulèvement d'une seule et
même aile,

Essence d'un seul cœur et d'un seul ciel,

Cerceau de lumière et de chaleur
dansant comme une flamme, »

«
Un jour les flots de cet unique et
majestueux océan,S'élèveront de nos
corps et uniront ses écumes à l'aube du
firmament,

Ce temps où il n'y aura plus de levant et
encore moins de couchant,

Juste ce serpent de lumière qui enlacera

l'espace et éclairera les cieux de ses yeux de diamants,

Ne sommes-nous pas un jour les embruns de la mer,

Puis l'autre les vagabonds de la voie lactée,

L'espace d'un instant, les dieux impuissants de la terre,

Mais pour toujours les vassaux de l'éternelle immensité. »

« Ce que tu nommes Dieu n'est qu'un visage brouillé par la brume,
Que l'on prie comme on implorerait un surhomme,mais au-delà des lunes combien d'autres créatures côtoient les hommes,
Toutes sœurs et multiples dans l'essence à jamais une,

Je ne sais ce que nous sommes ni ce que renferme cet océan translucide,

Mais nous ne sommes des hommes, que

les véhicules du fluide,

Nous devons émergés des eaux de
l'oubli et nous dépouiller de nos
œillères,

Sentir grandir dans nos âmes
l'extase des unions d'hier. »

« Ils sont d'ici mais voient-ils le rayon
de leur âme enfui,Ne le cherche pas au
ciel, pas a terre ni au fond des galaxies,

C'est le souffle des nuées et la
transparence de leurs vies,

Le chant de l'oubli perdu dans les vents
du néant englouti. »

« Avant d'explorer la nuit qui
t'enflamme,

Traverse les brouillards de ton âme,

Tourne les clés qui te mèneront aux
champs de lumière,

Nulle part et partout juste sous le
voile de ta paupière,Hors de nos
lois sens-tu les ailes de ta prière,

La paix de ce règne qui traverse toute
chose et tout l'univers,

Cette dimension supérieure sans écluse
et sans fin,

Est-ce cet océan transparent qui nous
unit à l'un, »

A la naissance comme à la fin de
cette dimension,
Je retrouverai la plénitude de la pure
perception,

Je m'accorderai à ta vertigineuse
vibration,

Univers toi l'église de mon humaine

conception,

 Les orgues du souvenir feront trembler
les murs de ma conscience,

Tes chœurs élèveront leurs voix au fond
de mes rêves en mouvance,

Enfin libéré du temps, de l'espace, et de
la matière,

Soulevé dans les flots d'une seule et
éternelle prière.

Dieu n'est pas croyance ni dogme, ni
enfer ni paradis,

Je ne c'est qui il est mais ce nom a le parfum de l'infini,

Peut-être est-ce la réalité de nos êtres que nous ignorons en ces vies,

Cette croissance de nos âmes altérée par notre humaine nuit. »

« L'essence pure de nos êtres progresse dans des densités invisibles,

Traversant un à un les mondes vibratoires,

Et se meut et s'élève dans des vols à nos sens inaccessibles,

Tourbillonnant dans l'espace comme des flocons d'ivoire,

Un jour peut-être jaillira-elle de l'univers,

Comme autrefois elle a jailli de la matière,

Quand l'onde universelle retrouvera les dessins de l'ultime perfection,

Et que l'union première refermera enfin

le gouffre de nos dimensions,

Au milieu des passants, je m'égare comme au milieu des dunes,

Tu es le seul que j'entends et qui regarde au travers de mon âme,

Le sang du couchant m'irrigue comme un de tes organes,

O seigneur, m'as-tu fait naître fleuve, m'as-tu fait naître plume, »

 Parfois j'ai la vision de cet immense soleil,

Incomparable à l'astre qui nous veille,

Ce feu incandescent aux contours omniscients,

Dont les rayons transpercent l'univers comme nos cœurs brûlants,

Dans les rayonnements que nous ne pouvons éprouver,

Naufragés de notre lointaine humanité,

Dans des bien êtres étrangers au règne terrestre,

Hors de la croyance, seulement dans la

mémoire d'une autre quête,

Crois en moi, moi qui veille sous ton toit,

Moi qui n'ai pas d'église, moi qui n'aie pour seule religion que le souffle de la bise ».

Tous étaient subjugués par la beauté des paroles poétiques et pleines de mysticisme de Jésus.

« Tu veux dire que nous sommes comme les gouttes d'un seul océan ? Tu veux dire que cet océan est Dieu ou le grand esprit ? » demanda un petit enfant.

« Oui tu as tout compris , nous sommes les gouttes d'un seul océan , nous sommes comme les rayons d'un immense soleil . Nous sommes tous les mêmes unis dans cette énergie d'amour .Les âmes de tout ce qui vit proviennent de cet océan d'amour et de lumière .

Quand nous aimons , dans le moindre de

nos actes d'amour , nous nous rapprochons par une vibration cosmique de cet océan . Nos âmes vibrent et se rapprochent de cet océan que nous retrouvons une fois notre vie terrestre finie.

Quand nous prions dans l'amour pour un ami , un père , pour un oiseau blessé , nous nous élevons dans la vibration d' amour aussi .Plus nous élevons nos vibrations plus nous nous rapprochons de cet immense soleil que l'on retrouvera après notre mort et nous ressentirons son intense lumière et sa chaleur infinie.

C'est cela que les chrétiens appellent le Paradis , c est lorsque l'âme est dans ce soleil brûlant en paix et en harmonie.Il n'y a pas vraiment d 'enfer , juste le fait de ne pas avoir assez donner de vibrations d'amour et d 'harmonie et de se retrouver loin de ce soleil après la mort . Mais il n'y a d 'enfer éternel si tu ouvres ton cœur à la lumière , tu la retrouveras toujours.Nos âmes sont énergies et vibrations et le grand esprit ou peu importe le nom qu'on lui donne dans le monde est énergie et vibration cosmique. »

« Je ne suis pas un Dieu , je ne suis qu'un homme qui a compris par ses expériences les choses de l'autre monde .Je suis votre frère et votre serviteur » .

Les indiens et les membres de la cosmic connection écoutaient les paroles de Jude, certains prenaient des notes .
Tous l'encerclèrent et jetèrent leurs torches dans le feu .
« Nous voici tous frères dans la lumière et rayons d 'un seul et même soleil d 'amour « s exclama Hendrix. .Le vieux chaman s'approcha de Jude : « nous savons qui tu es et nous garderons ton secret par contre nous allons parcourir le continent et donner à nos frères d 'autres tribus ton message d 'amour et de paix .
Tu es un bon pasteur . Tu sais la poésie des étoiles , des torrents et des champs de tournesols .Tu voles comme l'aigle

au dessus de ce monde et en comprends la symphonie et le langage silencieux . Les esprits t'ont choisi . Tu es chaman . Tu es le bon berger des étoiles . Tu es chef indien » .Les petits enfants s 'approchèrent de Jude apportant une magnifique coiffe indienne avec des plumes teintées de mille et une couleurs .

Jude baissa modestement la tête en signe de remerciement et le vieux chaman lui posa la coiffe sur le crane .

Tous crièrent de joie , des jeunes indiens dansèrent un powow endiablé.

La légende du bon berger des étoiles se répandit dans les tribus indiennes et même au delà .Elle se transmettait beaucoup par voie orale mais aussi à travers ses propos qu'on rapportait par écrits.   .

Les indiens protégeaient le secret de Jude tant qu'il serait vivant . Mais un jour , ils parleraient haut et fort .Ils diraient au monde que Jésus était revenu et que seuls les yeux de faucons surent le reconnaître et en étaient ses premiers héritiers .Il était revenu simplement et discrètement et avait souffert dans cette autre vie pour donner son message .Il avait lui même laissé des écrits qu'on ne retrouverait qu'après sa mort qu' une certaine Laura River avait réunis dans un ouvrage nommé Le Phoenix de nos âmes , un hommage à la femme d' Hendrix..

Jude finit sa vie au ranch de la Cosmic River connection . Il se maria a une amérindienne et eut des enfants . Il eut une vie sereine et paisible et mourut très vieux .Parfois de jeunes indiens racontent qu' ils peuvent voir son esprit dans le regard d 'un loup solitaire qui semble protéger le ranch de la cosmic river connection.